Luís Vaz de Camões

Versos de Amor e Morte

Organização
Nelly Novaes Coelho

Ilustrações
Fido Nesti

Copyright © 2006 da tradução Nelly Novaes Coelho

Editora
Renata Farhat Borges

Ilustrações
Fido Nesti

Editoração Eletrônica
Fernanda Moraes

Dados Internacionais de Catalogação na Publicação (CIP)
(Câmera Brasileira do Livro, SP, Brasil)

Camões, Luís de, 1524-1580.

A641 Versos de amor e morte / Luís de Camões: organizadora Nelly Novaes Coelho;
ilustrado por Fido Nesti. São Paulo: Peirópolis, 2006.

São Paulo: Peirópolis, 2006.
88 p. : il. ; 13cm x 18cm. – (Clássicos de bolso)
Inclui índice e bibliografia.

ISBN: 978-85-7596-080-6

1. Camões, Luís de, 1524-1580 Crítica e interpretação 2. Poesia portuguesa
I. Coelho, Nelly Novaes. II Nesti, Fido. III. Título.

06-4565   CDD 869.1

**Disponível em e-book nos formatos KF8 (ISBN 978-85-7596-516-0) e
epub (ISBN 978-85-7596-515-3)**

1ª edição, 2006 – 3ª reimpressão, 2018.

Editora Peirópolis Ltda
Rua Girassol, 310f Vila Madalena
05433-000 São Paulo SP
Tel.: 55 11 3816 0699
vendas@editorapeiropolis.com.br
www.editorapeiropolis.com.br

UMA VIAGEM INICIÁTICA...

Por que ler os clássicos?

Talvez uma primeira resposta esteja na Grande Verdade da Vida, que Camões sintetizou nos versos:

> "Mudam-se os tempos, mudam-se as vontades,
> muda-se o ser, muda-se a confiança,
> todo o mundo é composto de mudança."

Você, jovem mutante deste início do século XXI, talvez ainda não tenha reparado nem pensado nesse fenômeno – o da *contínua mudança* das coisas. Sem dúvida não reparou. Por um lado, porque a experiência da vida exige tempo e você "entrou" no mundo há pouco. Por outro, porque o belo/horrível/mágico/veloz *cyberespace* em que nos coube viver é *mudança pura*. E, vivendo dentro dela, não podemos vê-la... a não ser que preparemos o nosso "olhar" para enxergar além das meras aparências.

Se você chegou até aqui, pode estar se perguntando: por que preciso notar a "mudança" das coisas? Por que "preparar o olhar" para ver além das aparências? O que os "clássicos" têm a ver com o *cyberespace* em que vivemos? Afinal, o que os *Versos de Amor e Morte* de Camões têm a ver com tudo isso?

Pode crer que tudo tem a ver com tudo. Principalmente neste tempo de mutação, em que estamos vivendo, é urgente que vocês, mutantes que estão chegando, se preparem para continuar a tarefa humana, multimilenar, que lhes cabe: a de "manobrar" a "máquina do mundo" – metáfora criada por Camões, para definir a vida, que cada um de nós vai construindo dentro das circunstâncias em que nos cabe viver ou transformar.

E, quanto aos camonianos *Versos de Amor e Morte* (que aí adiante esperam por sua leitura) foram aqui recolhidos, não só por fazerem parte de uma das mais altas vozes clássicas da poesia ocidental, mas principalmente porque Camões foi a primeira grande voz que, no início dos tempos modernos (o do Renascimento do séc. XVI), cantou o amor como *a grande via interior* que leva os homens à mais plena realização existencial.

Em face dessa afirmação da alta potencialidade do amor para a autorrealização dos seres, você, ao ler os· versos aqui recolhidos, sem dúvida estranhará a dor insuperável, sempre suportada pelo poeta-amante, e o sentimento de morte que, latente ou patente, acompanha o seu estado amoroso. Para compreender esse paradoxo (o amor alimenta a vida e, ao mesmo tempo, provoca a morte) é fundamental saber que se trata do ideal amoroso a ser alcançado e que suas raízes estão no "amor cortês", o ideal do amor puro/espiritualizado, que a civilização cristã difundiu no Ocidente, durante a Idade Média (séc. XII-XV) e que Camões elevou à mais alta expressão poética. (Em seus estudos futuros, ao chegar ao Romantismo, você descobrirá que o *amor romântico* tem suas raízes nesse "amor cortês", que Camões consagrou como o mais alto ideal a ser alcançado pelos homens.)

Voltando à interrogação inicial, "Por que ler os clássicos"? –, valemo-nos aqui da sabedoria de Italo Calvino (um dos geniais escritores do século XX). Disse ele:

"Os clássicos devem ser lidos, porque "servem" para entendermos *quem somos e aonde chegamos.* [...] Mas, para podermos ler os clássicos, temos de definir "de onde" eles estão sendo lidos, caso contrário, tanto o livro quanto o leitor se perdem numa nuvem atemporal (que oculta o verdadeiro sentido da leitura).

O dia de hoje pode ser banal... mas é sempre um *ponto* em que nos situamos para olhar para a frente ou para trás."

Foi nessa ordem de ideias que, nesta introdução a Camões, começamos falando na *mudança* (lei básica da vida) e no *cyberespace* vertiginoso, *onde* você vive (e vivemos todos nós), que é o *ponto* a partir do qual você lerá os clássicos. E, com essa leitura, você se dará conta de que os tempos, costumes, ideais, modas vão mudando constantemente. Mas há algo que não muda, que permanece: *a natureza humana*, as paixões que movem os seres. As necessidades da alma: amor, ódio, inveja, ciúme, solidariedade, orgulho, luxúria, bondade, maldade, vontade de poder... E mais: que o Amor (não só nas relações homem-mulher, mas também na comunhão Homem-Deus-Natureza) é a grande via pela qual o mundo, hoje em *caos*, poderá ser reordenado em novo *cosmos*. Vivemos uma época de *desumanização*. É preciso *reumanizar* o mundo. Essa é uma das tarefas que cabe a vocês, jovens mutantes deste terceiro milênio.

Nessa ordem de ideias, lembramos ainda que, confrontadas entre si, as grandes obras literárias (clássicas ou contemporâneas) mostrarão que tais "paixões" são sempre as mesmas. O que nelas muda, de época para época (ou de indivíduo para indivíduo), é a *forma* de vivenciá-las ou de exteriorizá-las. "Forma" essa imposta pela *concepção de mundo* dominante em cada povo, cada sociedade, cada época. Concepção de mundo que muda ao longo dos séculos ou milênios, na medida em que a inteligência humana cria novas formas de viver/conviver, transforma o mundo e os valores herdados, e, em consequência disso, cria o progresso, garantindo a interessante evolução da humanidade.

CAMÕES E A LEITURA DE MUNDO

A esta altura, você deve estar novamente se perguntando: onde Camões poderá entrar em nosso dia a dia, tão diferente do que ele viveu? E esse amor... alguém vai poder senti-lo?

As possíveis respostas não são fáceis, mas o que pretendemos aqui, com esse "discurso" todo que ficou aí atrás, foi preparar caminho para um convite: o de levá-lo a fazer uma "viagem iniciática" pelo mundo da poesia, tendo como guia Camões. "Iniciática" porque nela você poderá descobrir não só as profundas relações que existem entre os tempos (desde a Antiguidade greco-latina até este nosso tempo cibernético), mas também entre a poesia (e artes em geral) e a história.

Nessa viagem você se dará conta de que, além de humano, você é um *ser histórico*, pois resultante de milhentos fenômenos que vêm se sucedendo desde a origem dos tempos. É importante saber disso, porque agora chegou a sua vez e a de sua geração de conscientemente se engajar na vida para dar continuidade à história. Engajamento cultura que deve dar, a partir do *lugar* que ocuparem no mundo atual. No momento em que, de fato, vocês se tornarem habitantes do "mundo pensante" (o da poesia, literatura, artes, filosofia etc.) descobrirão que nada no universo existe por si, mas sim ligado a *uma rede de relações*. Rede que se vem tecendo desde a origem dos tempos históricos (quando a máquina ainda não existia) e chega ao nosso tempo em mutação. Tempo em que a expansão da máquina (uma das maravilhas do mundo) criada pela inteligência humana ameaça desumanizar o homem e torná-lo um autômato, um alienado em relação a si mesmo e à verdadeira significação das coisas e dos aconteceres.

Voltando a Calvino: é do *onde* (presente em transformação), em que você, jovem mutante, se encontra, que sua "viagem" pela poesia e pela história começará. Para entendermos "quem somos" e "aonde chegamos", Camões nos leva a descobrir que tudo começou na Antiguidade clássica, milênios antes de Cristo, quando a sabedoria dos gregos e dos romanos construiu a concepção de homem e de mundo que, embora transformada pelo suceder dos tempos, permanece nos alicerces da nossa civilização ocidental cristã (hoje em crise aberta).

Como vê, a redescoberta dos clássicos pelos jovens do nosso tempo não visa ao *conhecimento erudito* (estilístico, temático, linguístico...), mas sim ao *conhecimento do humano* (Quem somos? De onde viemos? Para onde estaremos indo?).

Cada época ou cada indivíduo lê os clássicos a partir da visão de mundo que lhe é própria. De tudo o que em nossa época se tornou problemático ou entrou em crise, escolhemos o amor, que há quinhentos anos Camões consagrou definitivamente como a grande via de plena realização do ser. Vejamos, pois a leitura de mundo feita por Camões ao se debruçar sobre os valores medievais herdados por seu tempo. Desses valores, destacamos a concepção do amor cortês.

CAMÕES E O AMOR CORTÊS MEDIEVAL

"Daí-me uma lei, Senhora, de querer-vos,
que a guarde, sob pena de enojar-vos,
que a fé, que me obriga a tanto amar-vos,
fará que fique em lei de obedecer-vos."

Nesse soneto, onde ressoa a "vassalagem amorosa" da *cantiga de amor* medieval, Camões se assume herdeiro e transformador da poesia trovadoresca que, no século XII, surge na Galícia (entre Portugal e o Sul da França), cantada pelos trovadores em galego-português. Foi essa a primeira expressão poética, no Ocidente, a cantar o amor tal como o concebeu a espiritualidade cristã (que opôs carne e espírito), nos rastros do culto à Virgem Maria: *amor cortês*, casto, avassalador e que se sabe não correspondido pela dama, mas que se alimenta de sua própria paixão e só termina com a morte.

Você sabia que o amor, no Ocidente, nasceu no século XII? Pois é o que a história nos revela. Nasceu nas cortes europeias, como expressão de uma nova concepção de vida: a que dá supremacia ao espírito em relação à carne. Como disse Denis de Rougemont:

"O início do século XII, com o pleno triunfo do 'amor cortês' (que impôs um estilo às paixões), é a época em que começa o Reino da Dama e que, na verdade, haveria de formar a alma do Ocidente e fixar definitivamente os traços de sua cultura."
(*O amor e o Ocidente*, 1968)

Nessa época, na corte de Marie de France, o clérigo André, o Capelão, escreveu em latim (a língua cultural da época) o *Tratado do amor*, no qual registra o código do amor cortês ao qual os enamorados trovadores deviam obedecer.

Entre as regras ali fixadas estão:

1. O Cavalheiro deve por sua honra e valentia a "serviço do amor" e prestar "vassalagem" à dama, tal como o vassalo presta ao senhor feudal.

2. A beleza e a perfeição da dama amada são cantadas como supremas e insuperáveis: são tão absolutas que o cavalheiro se sente emudecer ao querer cantá-la.

3. Para agradar à dama, o cavalheiro deve buscar a própria perfeição (valentia, argúcia, elegância e nobreza).

4. A dama enobrece o cavalheiro, ao pedir que ele se submeta a duras provas, para merecer seu amor.

5. O amor que, por vezes, pode levar o cavalheiro a agir contra a razão ou contra a honra, é também fonte de grande virtude.

6. O cavalheiro precisa aprender a amar e sofrer em silêncio, com discrição, diante da dama que, apesar de cortejada, permanece altiva e inacessível.

7. O exercício do amor melhora o homem e a mulher, e os obstáculos encontrados só fazem exaltar-lhes a nobreza e o valor.

Diante desse "código", torna-se evidente que a concepção camoniana do amor tem raízes no amor cortês. (Em sua "viagem" pela poesia camoniana, seria um ótimo exercício de conhecimento poético se você tentasse detectar, nesses sonetos, os rastros desse amor cortês.)

A transformação que se dá em Camões, ao resgatar a poesia trovadoresca, é de *forma estilística* e não, de *concepção filosófica*. Enquanto os trovadores usavam a "trova" (estrofe breve com refrão), Camões elegeu o *soneto* criado por Petrarca, no século XIV, para cantar o amor. Sua estrutura fixa (2 quartetos e 2 tercetos, em versos descassílabos rimados) foi criada pelo genial poeta italiano como a "forma" possível de abranger, conter, reter "materialmente" o fenômeno do amor, cuja imaterialidade, grandeza, beleza, contradições e infinitude escapam a qualquer limitação material.

(Desde Petrarca até os nossos tempos, a forma *soneto* tem sido usada por poetas de todo mundo como a forma ideal para poder expressar "materialmente" a imaterialidade do amor.)

Porém, se a *cantiga de amor* expressava esse amor espiritualizado, cantado pelo homem, difundia-se, ao lado dela, a *cantiga de amigo,* cantada pela mulher, que expressava o amor total (carne e espírito) e a contínua ausência do amigo. É de se notar que as *cantigas de amigo* teriam tido origem popular e eram cantadas pelas mulheres. Mas quando começaram a circular nas cortes, ao lado das *cantigas de amor,* eram cantadas por homens, que falavam pela mulher. Vejamos alguns exemplos:

Cantiga de amor

A boa dona, por que eu trobava
e que non dava nulha ren por mi,
pero s'ela de min ren non pagava,
soffrendo coita sempre a servi.
E ora ja por ela 'nsandeci.
(Garcia de Guilhade)

(A boa dona, por quem eu trovava/ e que não dava nenhuma importância a mim / porém se ela comigo não importava, / sofrendo dor, sempre a servi, / e agora por ela enlouqueci.)

Cantiga de amigo

Ay eu coitada, como vivo
en gran cuydado por meu amigo
que ei alongado! Muito me tarda
o meu amigo na Guarda!

Ay eu coitada, como vivo
en gran desejo por meu amigo
que tarda e non vejo! Muito me tarda
o meu amigo na Guarda!
(D. Sancho I)

(Ai eu coitada / como vivo em grandes cuidados / por meu amigo / que tenho esperado! / Muito demora / o meu amigo na Guarda!)
(Ai eu coitada / como vivo com grande desejo / por meu amigo / que demora e não vejo! / Muito demora / o meu amigo na Guarda!)

Aí estão as primeiras raízes da poesia amorosa ocidental, que foi criada há mais de oito séculos (muito antes de o Brasil ser descoberto), mas que chega aos nossos tempos ainda viva e testemunha o poder da poesia que resulta de uma autêntica experiência humana. A língua em que ela foi escrita envelheceu (tal como a de Camões, que se transfigurou na atual língua portuguesa), as expressões usadas também caíram em desuso, mas nela continua a latejar algo de nossa cultura.

Importante notar que, dessa primeira concepção de amor (lentamente difundida pelo Ocidente cristão), vem a dualidade que marca a imagem da mulher, tal como chegou aos nossos dias (e hoje está em plena crise). Trata-se de uma imagem dual: a da mulher pura (casta, discreta, "rainha do lar" e submissa ao homem) e a da mulher impura (tentadora, causa do "pecado da carne", que arrasta o homem para a perdição). É essa "interdição ao sexo", patente na "imagem dual" feminina que, nesses nossos tempos de transformação, está em julgamento. (Daí se explica a banalização do sexo que marca os nossos dias.)

Como vê, caro jovem mutante, a língua, os costumes, as leis... Tudo muda, tudo na vida é mudança. Mas as paixões humanas permanecem, são sempre as mesmas, embora vividas e exteriorizadas de formas diferentes. O clássico Camões é uma das grandes testemunhas dessa verdade. Estamos chegando ao fim da nossa "viagem iniciática"... Falta-nos descobrir Camões como homem em seu tempo histórico.

O MUNDO EM QUE CAMÕES VIVEU

Luís de Camões, como a sua vasta obra revela, foi um homem genial e impetuoso que viveu apaixonadamente e pagou caro pelas suas paixões, genialidade e pela incompreensão de seus contemporâneos. Viveu na época do Renascimento, quando profundas transformações ocorreram em todas as áreas do conhecimento e das estruturas sociais, econômicas e políticas. Período de transição, quando se deu a passagem dos tempos medievais (séc. VI-XV) para os modernos (séc. XVI).

São escassos os dados que documentam a vida do homem Camões. A maior parte do que dele se sabe foi sendo descoberta, ao longo dos anos, pelas pesquisas em registros históricos, boatos etc. que circularam na corte portuguesa da época. O que se dá como certo é que Camões pertencia a uma família fidalga, mas pobre. Teria nascido em Lisboa (ou Coimbra) em 1525 e morrido em Lisboa em 1580, depois de uma vida de aventuras e desventuras. Visto pela ótica da história, Camões viveu numa época de aceleradas transformações do mundo, a do século XVI, quando a façanha lusitana dos "grandes descobrimentos" chegou ao apogeu. Índia, África e Brasil já haviam sido descobertos e a expansão ultramarina de Portugal tornara-se fonte de grande comércio com as demais potências europeias, gerando riquezas, progressos, conflitos e guerras.

Dentro da ordem natural do universo (a todo período de apogeu segue-se um de decadência), nesse século, (o do Renascimento, que dá início a uma Nova Era) o grande império político-econômico que, durante séculos, fora construído no ultramar pelos portugueses lentamente começa a entrar em crise.

Em toda a Europa, a Igreja Católica (que difundira o cristianismo por todo Ocidente) enfrentava a grande crise da Reforma iniciada por Lutero em 1517. Em reação, a Igreja de Roma iniciou a Contra-Reforma, com a ação dos jesuítas. Esse conflito, sem dúvida, justifica o clima de religiosidade e de austeridade da corte portuguesa de D. João III, em cujo reinado Camões viveu.

Foi durante esse período de crises e de fermentação de uma nova cultura (a do Humanismo) que Camões viveu e criou sua genial obra. Era filho de pequenos fidalgos galegos (Simão Vaz de Camões e D. Ana de Sá Macedo). Entre seus antepassados, registra-se um trisavô, nobre galego que vivera no reinado de Fernando I, o Formoso, e que teria participado da guerra declarada pelo rei a Castela, em 1383.

Mesmo sem ter "bens de raiz" a família de Camões era reputada como das melhores de Coimbra, cidade onde ele passou parte de sua mocidade. Um de seus tios paternos seguiu a carreira eclesiástica e chegou a ser Prior do Mosteiro de Santa Cruz de Coimbra. Segundo alguns camonistas, a existência desse parente no alto clero poderia explicar a vasta cultura que a obra camoniana revela e que só estudos superiores poderiam dar. É de crer que Camões teria seguido cursos no Mosteiro de Coimbra e passado pela Universidade de Lisboa, onde teria adquirido a variada e invulgar erudição que alimenta sua imensa obra, principalmente *Os lusíadas*.

Seu primeiro biógrafo, Pedro de Mariz, na apresentação da edição crítica de *Os lusíadas*, em 1613, registra a ida de Camões para Ceuta, no Norte da África, para onde teria sido desterrado, devido a "uns amores que, segundo dizem, tomou no Paço". Em Ceuta, como soldado, participou das lutas contra os mouros, ocasião em que foi ferido e perdeu a vista direita.

Por volta de 1550, de volta a Lisboa, ingressou na vida palaciana como "cavaleiro fidalgo da Casa Real", onde fez fama pelo invulgar brilho intelectual e talento poético. Mas, dentro do clima de austeridade e moralismo que D. João III, o Piedoso, impunha à corte, é possível que o gênio inquieto, apaixonado e impulsivo do poeta tenha provocado conflitos, o que explicaria o fato de ele não ter continuado no paço como "cavaleiro fidalgo".

Por certos registros das navegações, sabe-se que em 1550 Camões estava arrolado na frota que ia para a Índia (uma das grandes possessões portuguesas da época), mas à última hora desistiu de embarcar.

Em 1552, em dia de Corpus Christi, em virtude de uma rixa com um "servidor do Paço Real", foi encarcerado na cadeia do Tronco. O agredido acabou por perdoar-lhe "toda justiça, dano, corregimento". Da prisão, Camões enviou um pedido de perdão a D. João III, invocando sua condição de mancebo pobre que estava para ir "servir na Índia". O perdão real lhe foi concedido e em 1553, Camões partiu para o Oriente, para defender regiões havia muito conquistadas pelos navegantes portugueses e cuja posse era disputada pelos mouros.

Nessas conquistas e disputas havia um elemento fundamental em jogo. Para além dos interesses comerciais e políticos, se impunha uma luta religiosa: a dos "infiéis" mouros contra o cristianismo, religião que os portugueses levavam para as terras que conquistavam e impunham aos nativos, contrariando os interesses dos que lá viviam e dos que com eles comerciavam.

Em vários documentos, e principalmente em sua obra poética, são mencionadas suas peregrinações pelo Oriente (Goa, Meca, Malabar, Macau, Java, Cochinchina, Málaca, Malásia...) Nessas aventuras, Camões não teve sucesso. Goa decepcionou-o: "Babilônia onde mana / matéria a quanto mal o mundo cria". De terra em terra, passou por grandes dificuldades materiais e sofrimento moral, por não conseguir apoio dos poderosos da corte.

Em 1567, o destino levou-o a Moçambique (África), onde se entregou à escrita de *Os lusíadas*. Ali, tornou-se amigo de Diogo do Couto, cronista do reino e residente em África. Este, em certa crônica, se refere ao estado de pobreza em que vivia o poeta, "comendo de amigos". Menciona também os manuscritos de uma grandiosa epopeia que Camões estava escrevendo, *Os lusíadas*, e os de um outro livro de versos líricos, Parnaso, cujos manuscritos foram furtados ao poeta. Em vida, Camões não chegou a publicar sua obra lírica, que ficou dispersa em centenas de manuscritos, guardados por diferentes mãos. Somente após quinze anos de sua morte, essa extensa criação poética foi sendo reunida por pesquisadores e publicada com o título de *Rimas* (1595). (A essa altura, sua genialidade já havia sido reconhecida dentro e fora de Portugal, e ele consagrado como Príncipe dos Poetas Portugueses.)

Em 1569, financiado por Diogo do Couto e amigos, Camões embarcou de volta a Portugal. Porém, sempre perseguido pelas desventuras, o navio em que viajava naufragou na foz do rio Mecon, ocasião em que teria morrido sua amada Dinamene, que ele eternizou em versos. Camões conseguiu se salvar, carregando consigo os manuscritos de *Os lusíadas*, que estariam num baú de ferro. Ao chegar em Portugal, entregou-os ao rei, para publicação, o que aconteceu em 1572, depois de obtida a aprovação da Inquisição.

Essa grandiosa epopeia foi dedicada ao novo rei, o jovem D. Sebastião, herdeiro de D. João III, que falecera. Em retribuição à homenagem e "pelos serviços prestados na Índia", D. Sebastião concedeu-lhe uma pensão anual de 15.000 réis, quantia muito pequena, que mal dava para seu sustento diário. Segundo a lenda, sua pobreza era minimizada pelas esmolas que seu criado javanês, Jau, colhia pelas ruas e entre amigos. Assim viveu seus últimos dias aquele que criara uma das obras poéticas mais famosas do mundo ocidental. Dono de uma arte maior, Camões escreveu copiosamente, durante toda a sua vida, recriando/transformando com genialidade todas as formas líricas e épicas herdadas da Antiguidade clássica e da Idade Média. Seus versos (canções, odes, elegias, sonetos, éclogas...) circulavam em manuscritos entre os amadores de poesia e também foram muitíssimo imitados na época.

Nessa grandiosa criação lírica ou épica, cruzam-se vastos conhecimentos da cultura da Antiguidade greco-latina, criada milênios antes de Cristo e resgatada pelo Renascimento. Na poesia camoniana deságuam as fontes criadoras de poetas-fundadores como Homero, Horácio, Virgílio, Ovídio... E de filósofos como Hesíodo, Platão e Aristóteles. Também lhe eram familiares os mais célebres autores cristãos que, ainda na Idade Média, prepararam o caminho para o Renascimento

(Petrarca, Sannazaro, Boscán...). Foram seus contemporâneos: Shakespeare (Inglaterra), Ronsard (França), Garcilaso de la Vega (Espanha) e outros que se tornaram "clássicos" universais.

Por uma coincidência dramática, sua morte se dá no mesmo ano em que "morre Portugal": em 1580, o reino português passava ao domínio da Espanha, em consequência da morte de D. Sebastião, em 1578, na batalha de Alcácer-Quibir, contra os mouros. Como não deixara herdeiro, a coroa portuguesa foi assumida pelo parente mais próximo, D. Filipe II, rei de Castela e neto de D. Manuel, o Venturoso. Portugal perdera a independência, que só em 1640 conseguiria reconquistar. O homem Camões morreu praticamente ignorado por todos, mas o poeta se eternizou na memória universal.

I. As constantes mudanças do mundo tornam efêmeros todos os
fatos essenciais da vida: amor, heroísmo, sonhos, ambições...

Mudam-se os tempos, mudam-se as vontades,
Muda-se o ser, muda-se a confiança;
todo mundo é composto de mudança,
tomando sempre novas qualidades.

Continuamente vemos novidades,
diferentes em tudo da esperança;
do mal ficam as mágoas na lembrança,
e do bem se algum houve, as saudades.

O tempo cobre o chão de verde manto,
que já coberto foi de neve fria,
e enfim converte em choro o doce canto.

E, afora este mudar-se cada dia,
outra mudança faz de mór espanto:
que não se muda já como soía.

Escritos na última fase de sua vida, esse soneto de Camões reflete sobre a efemeridade das coisas e conclui que a "mudança" é a essência da vida e do ser. Tudo o que existe está sempre em mudança profunda, total, cósmica, que atinge também a vontade humana. Do pessimismo angustiado, do ciclo do desterro e miséria, Camões passa a refletir ansiosamente acerca do sentido da realidade que o cerca, daquilo que chamou "o desconcerto do mundo". Mas não só do mundo: "desconcertos" dele próprio.

O tempo acaba o ano, o mês e a hora,
a força, a arte, a manha, a fortaleza;
o tempo acaba a fama e a riqueza,
o tempo o mesmo tempo de si chora.

O tempo busca e acaba o onde mora
qualquer ingratidão, qualquer dureza;
mas não pode acabar minha tristeza,
enquanto não quiserdes vós, Senhora.

O tempo, o claro dia, torna escuro,
e o mais ledo prazer, em choro triste;
o tempo a tempestade, em grã bonança.

Mas de abrandar o tempo estou seguro
o peito de diamante, onde consiste
a pena e o prazer desta esperança.

O tempo da mudança contínua de tudo volta neste soneto. O Poeta vê que o tempo
muda tudo continuamente – só não mudará a dureza ou a recusa da Senhora amada.

Que poderei do mundo já querer,
Se naquilo em que pus tamanho amor,
Não vi senão desgosto e desamor,
E morte, enfim, que não mais não pode ser?

Pois vida me não farta de viver,
Pois já sei que não mata grande dor,
Se cousa há que mágoa dê maior,
Eu a verei; que tudo posso ver.

A morte, a meu pesar, me assegurou
De quanto mal me vinha; já perdi
O que a perder o medo me ensinou.

Na vida, desamor somente vi;
Na morte, a grande dor que me ficou.
Parece que para isto só nasci!

Vivendo o amor como a mais alta ventura da vida, o poeta considera a perda da amada como um sofrimento maior do que a morte. A experiência ensinou-lhe que a dor não mata e que o seu destino na vida é sofrer por amor e morte.

O dia em que eu nasci moura e pereça,
Não o queira jamais o tempo dar;
Não torne mais ao mundo e, se tornar,
eclipse nesse passo o Sol padeça.

A luz lhe falte, o Sol se lhe escureça,
mostre o mundo sinais de se acabar;
nasçam-lhe monstros, sangue chova o ar,
a mãe ao próprio filho não conheça.

As pessoas pasmadas, de ignorantes,
as lágrimas no rosto, a cor perdida,
 cuidem que o mundo já se destruiu.

Ó gente temerosa, não te espantes,
que este dia deitou ao mundo a vida
mais desventurada que se viu!

Soneto em que o poeta, em sua dor, se identifica com o drama do Jó bíblico, castigado por Deus sem ter culpa nenhuma, apenas para que se provasse sua fé. Essa "identificação" nos é revelada já no primeiro quarteto, cujo versos são decalcados do Livro de Job (Job.3): "Pereça o dia em que eu fui nato, e a noite em que se disse: foi concebido um homem." "Converta-se aquele dia em trevas. Deus desde o alto céu não olhe para ele, nem ele seja esclarecido pela luz."

Erros meus, má fortuna, amor ardente
em minha perdição se conjuraram;
os erros e a fortuna sobejaram,
que para mim bastava o amor somente.

Tudo passei; mas tenho tão presente
a grande dor das coisas, que passaram,
que as magoadas iras me ensinaram
a não querer já nunca ser contente.

Errei todo o discurso de meus anos;
dei causa que a Fortuna castigasse
as minhas mal fundadas esperanças.

De amor não vi senão breves enganos.
Oh! Quem tanto pudesse que fartasse
Este meu duro gênio de vinganças!

Dos mais famosos da poesia portuguesa, esse soneto foi escrito na fase final da vida de Camões. Doente, vivendo na miséria, solitário e sentindo que tudo em sua vida havia fracassado, o poeta atribui mais a si próprio (do que ao destino) as causas de sua vida malograda e de seus sonhos frustrados de viver um amor eterno e absoluto. Em linguagem simples, nesse poema a subjetividade existencial do poeta supera a objetividade formal/estilística que era imperante pelas normas da poesia clássica. Nele se sente o gérmem daquele subjetivismo psicológico que, séculos depois (XVIII-XIX), seria uma das normas da nova filosofia de vida: a Romântica.

30

(...) O último verso (este meu duro gênio de vinganças!) não está claro, pois fala em "vinganças", o que contraria a sua filosofia de vida: viver contente apesar dos desconcertos do mundo e da indiferença da amada. Postura que aparece também no soneto "Já não sinto, Senhora, os desenganos", no qual o poeta manifesta seu sentimento de vingança diante da indiferença da amada: "mas eu, de vossos males e esquivança / – de que agora me vejo bem vingado – / não o quisera eu tanto à vossa custa." Debate-se no poeta a consciência de que sua "verdade" pessoal, existencial, profunda se choca com as verdades determinadas pelo código do amor cortês, ideal amoroso imperante na época: amor espiritualizado, valor absoluto que se alimenta do supremo amor/dor dedicado à amada inacessível.

Com que voz chorarei meu triste fado,
que em tão dura prisão me sepultou,
que mor não seja a dor que me deixou
o tempo, de meu bem desenganado?

Mas chorar não se estima neste estado,
onde suspirar nunca aproveitou;
triste quero viver, pois se mudou
em tristeza a alegria do passado.

Assim a vida passo descontente,
ao som, nesta prisão do grilhão duro
que lastima o pé que o sofre e sente!

De tanto mal a causa é amor puro,
devido a quem de mim tenho ausente
por quem a vida, e bens dela, aventuro.

Soneto de fundo autobiográfico (ligado ao breve período em que Camões passou
na prisão e, como todos os demais, com os pés presos em grilhões). Ao poeta falta a
"voz" para descrever o seu triste fado, para dizer de suas lágrimas inúteis. Prisioneiro,
aguilhoado, precipitado no abismo do sofrimento, é ainda ao seu puro amor pela amada
ausente que ele atribui a causa primeira do mal que agora o assalta.

Que me quereis, perpétuas saudades?
Com que esperança ainda me enganais?
Que o tempo que se vai não torna mais
e, se torna, não tornam as idades.

Razão é já, ó anos, que vos vades,
porque estes tão ligeiros que passais,
nem todos para um gosto são iguais,
nem sempre são conformes as vontades.

Aquilo a que já quis é tão mudado
que quase é outra cousa; porque os dias
têm o primeiro gosto já danado.

Esperanças de novas alegrias
não mais deixa a Fortuna e o Tempo errado,
que do contentamento são espias.

Ao contrário do amor ideal, eterno e absoluto, neste soneto o poeta fala do desgaste
do amor quando vivido na praticidade da vida cotidiana. Nela tudo se converte em
decepção e engano. "Aquilo a que já quis é tão mudado." Assim, ao grande ideal
de amor eterno, que faz parte de sua concepção de vida, opõe-se agora a antítese da
experiência, da convivência desgastada pelo tempo e pela fortuna.

Em prisões baixas fui um tempo atado,
vergonhoso castigo de meus erros;
inda agora, arrojando, levo os ferros
que a Morte, a meu pesar, tem já quebrado.

Sacrifiquei a vida a meu cuidado,
que Amor não quer cordeiros nem bezerros;
vi mágoas, vi misérias, vi desterros:
parece-me que estava assim ordenado.

Contentei-me com pouco, conhecendo
que era o contentamento vergonhoso,
só por ver que coisa era viver ledo.

Mas minha estrela, que eu já 'gora entendo,
a Morte cega e o Caso duvidoso,
me fizeram de gostos haver medo.

Segundo os pesquisadores camonistas, este soneto é de fundo autobiográfico, tendo sido escrito na fase final da vida do poeta. Expressa um período humilhante e doloroso vivido por ele: o tempo em que esteve preso por ter ferido com uma espadeirada um "servidor do Paço Real", em dia de Corpus Christi. Condenado a um ano de prisão, acabou por ser perdoado pelo rei "antes do final da pena" e mandado a servir como soldado na Índia, onde a vida não lhe foi menos dura. No soneto, ele confessa que, na vida, buscou sempre o "contentamento" de viver, mas sua "estrela punitiva", a morte e os acasos ensinaram-lhe a ter medo dos "gostos" da vida.

II. Os cantares do "amor cortês": o ideal supremo do amor que leva o amador à sua plenitude existencial

Dai-me uma lei, Senhora, de querer-vos,
que a guarde, sôb pena de enojar-vos;
que a fé, que me obriga a tanto amar-vos,
fará que fique em lei de obedecer-vos.

Tudo me defendei, senão só ver-vos
e dentro na minh' alma contemplar-vos,
que, se assim não chegar a contentar-vos,
ao menos não chegue a aborrecer-vos.

E, se essa condição cruel e esquiva,
que me deis lei de vida, não consente,
daí-ma, Senhora, já, seja de morte.

Se nem essa me dais, é bem que viva
sem saber como vivo, tristemente,
mas contente porém de minha sorte.

O poeta pede à Senhora amada que lhe dê uma "lei", à qual ele obedecerá para continuar a amá-la, sem aborrecê-la ou "enojá-la".
Que ela lhe proiba tudo, menos impedir de vê-la. Que lhe dê uma lei da vida ou da morte; e, se nem esta lhe der, o poeta viverá tristemente, mas paradoxalmente "contente" com a sorte de amá-la.

Quem pudera julgar de vós, Senhora,
que com tal fé podia assim perder-vos,
e vir eu por amor a aborrecer-vos?
Que hei de fazer sem vós somente uma hora?

Deixastes quem vos ama e vos adora;
tomastes quem quiçá não sabe ver-vos.
Eu fui o que não soube merecer-vos,
e tudo entendo e choro, triste, agora.

Nunca soube entender vossa vontade,
nem a minha mostra-vos verdadeira,
inda que clara estava esta verdade.

Em mim viverá ela sempre inteira;
e, se para perder já a vida, é tarde,
a morte não fará que vos não queira.

O poeta sofre a traição: a Senhora amada escolheu outro amor. Aturdido e desesperado,
o poeta se pergunta como isso foi possível e como poderá viver longe dela. Mas atribui
a ele próprio a culpa do acontecido, por não ter sabido agir. Entretanto algo o consola:
pela força do seu amor, a amada viverá para sempre dentro dele. Nem a morte a tirará
de onde está.

Se cuidasse que nesse peito isento
inda algum tempo minha grande dor
vos fizesse sentir, não digo amor,
senão um piedoso sentimento;

tamanho fora meu contentamento
que o mal que por vós passo, inda que mor,
sem pena, sem cuidado, sem temor,
sem queixumes passara este tormento.

Porém como, Senhora, já conheço
a vossa condição isenta e dura
no pouco que sentis o que padeço,

não há aí senão queixar-me da Ventura
pois, em lugar do bem que voz mereço,
males em tanto mal me dais por cura.

Ainda na linha do "amor cortês", o poeta, obedecendo ao dogma do amor absoluto,
aceita a dor de amor, em face da indiferença da Senhora amada. Apesar de recusado,
não é à Senhora que ele atribui seu padecimento, mas à ventura (destino), que assim
o determinou.

Quando, Senhora, quis Amor que amasse
essa grã perfeição e gentileza,
logo deu por sentença que a crueza,
em vosso peito, Amor acrescentasse.

Determinou que nada me apartasse:
nem desfavor cruel, nem aspereza;
mas que em minha raríssima firmeza
vossa isenção cruel se executasse.

E pois tendes aqui oferecida,
esta alma vossa a vosso sacrifício,
acabai de fartar vossa vontade.

Não lhe alargueis, Senhora, mais a vida;
acabará morrendo em seu ofício,
sua fé defendendo e lealdade.

Soneto que canta a grandeza e a impossível realização do amor absoluto com que o
destino quis ligar o poeta à Senhora inacessível. Amor eterno que, paradoxalmente,
vive da alegria que inunda todo o ser do amador e, ao mesmo tempo, a transforma
em dor e morte, devido ao "desfavor cruel" com que ela se nega ao seu amor. Mas,
como esse amor é eterno, nenhuma crueldade poderá destruí-la, a não ser a morte, que
o poeta enfrentará, defendendo sua fé no amor e sua lealdade à Senhora amada.

Vai-me gastando Amor e um pensamento
que me inclina a seguir meus próprios danos,
a esperança, o ser, o gosto e os anos,
que para mim são mil, cada momento.

Os suspiros que em vão entrego ao vento
paga-mos quem mos causa em desenganos;
e, se quero fingir novos enganos,
não mos quer consentir o entendimento.

Se pretendo mostrar quanto padeço,
falta-me a voz, o alento e o sentido;
e a triste vida, não, porque a aborreço.

O peito em vivas chamas convertido,
enfim, mostre seu mal, pois já confesso
que nem dizer se pode, nem ser crido.

Versos escritos em seus últimos anos, vivendo solitário e em desalento, consciente de que
todos os seus antigos empenhos de Amor se frustraram. Embora desiludido, ainda tenta
"fingir novos enganos", mas seu "entendimento" o impede. Seu padecimento chega a tal
ponto que lhe "falta a voz, o alento e o sentido" para cantar seu sofrimento, expor seu
"peito em vivas chamas" e em cuja profunda dor ninguém acreditaria.

Depois que quis Amor, que eu só passasse
Quanto mal já por muitos repartiu,
Entregou-se à Fortuna, porque viu
Que não tinha mais mal que em mim mostrasse.

Ela, por que do Amor se avantajasse
No tormento que o Céu me permitiu,
O que para ninguém se consentiu,
Para mim só mandou que se inventasse.

Eis-me aqui, vou com vário som gritando,
Copioso exemplário pera a gente
Que destes dois tiranos é sujeita.

Desvarios em versos concertando.
Triste, quem seu descanso tanto estreita,
Que deste tão pequeno está contente!

O amor, depois de ter infligido ao poeta os maiores sofrimentos, entregou-o à sorte para que esta continuasse o tormento, e o céu permitiu que para ele fossem inventados suplícios que ninguém mais suportou. E, todavia canta, transformando em exemplário para todos aqueles que estão submetidos ao amor e à sorte.

Onde mereci eu tal pensamento,
nunca de ser humano merecido?
Onde mereci eu ficar vencido
de quem tanto me honrou co vencimento?

Em glória se converte o meu tormento,
quando vendo-me estou tão bem perdido;
pois não foi tanto mal ser atrevido,
Como foi glória o mesmo atrevimento.

Vivo, Senhora, só de contemplar-vos;
e pois esta alma tenho tão rendida,
em lágrimas desfeito acabarei.

Porque não me farão deixar de amar-vos
receios de perder por vós a vida,
que por vós vezes mil a perderei.

Os versos todos vibram com o júbilo de que o poeta se sente possuído por ter conquistado a mulher amada. Júbilo e espanto por ter merecido a honra de ser aceito pela dama por quem se sente "vencido" (servidor). Esse soneto expressa a "vassalagem amorosa" própria do amor cortês. Tal como o vassalo "vencido" servia com devoção ao Senhor feudal, a ponto de dar a vida por ele, também o poeta serviria à Senhora amada.

Se tanta pena tenho merecida,
Em pago de sofrer tantas durezas,
Provia, Senhora, em mim vossas cruezas,
Que aqui tendes uma alma oferecida.

Nela experimentai, se sois servida,
Desprezos, disfavores e asperezas;
Que móres sofrimentos e firmezas
Sustentarei na guerra desta vida.

Mas contra vossos olhos quais serão?
Forçado é que tudo se lhe renda;
Mas porei por escudo o coração.

Porque, em tão dura e áspera contenda,
É bem que, pois não acho defensão,
com me meter nas lanças me defenda.

Segundo a crônica, este soneto está entre os primeiros versos escritos pelo jovem
Camões. Nele, já se mostra a "vassalagem amorosa" exigida pelo amor cortês. Em
troca de seu amor pela amada, o poeta só recebe "durezas" e "cruezas". Mas aceita
tais "sofrimentos" como parte da guerra da vida: contra o poder da amada não há
defesa. Usará como escudo o próprio coração. E, sem outra proteção, vai "menter-
se nas lanças", vai lutar corpo a corpo com a amada adversária.

Transforma-se o amador na cousa amada,
por virtude do muito imaginar;
não tenho, logo, mais que desejar,
pois em mim tenho a parte desejada.

Se nela está minh' alma transformada,
que mais deseja o corpo de alcançar?
Em si somente pode descansar,
pois consigo tal alma está ligada.

Mas esta linda e pura semideia
que, como um acidente em seu sujeito,
assim com a alma minha se conforma,

está no pensamento como ideia:
e o vivo e puro amor de que sou feito,
como a matéria simples, busca a forma.

Famoso soneto na linha espiritualizante/filosófica de Platão (séc. V a.C.) este
expressa com serenidade, grandeza e beleza o grau maior do amor a ser alcançado
pelos humanos – sublimando a sedução do amor erótico (união carnal), o amor vivido como via de acesso à beleza superior da vida e ao conhecimento das riquezas da
vida interior e à plenitude existencial. Se, como Platão, identifica o amor à Ideia, uma
vez que o amador foi invadido pelo amor absoluto à amada, nada mais tem a desejar:

44

(...) Ela já lhe pertencia, pois vive dentro dele, tal como o poeta anuncia claramente no último terceto: "esta linda e pura semideia /.../ no meu pensamento como ideia; / e o vivo e puro amor de que sou feito, / como a matéria simples busca a forma."
Quem discordaria do fenômeno de que o verdadeiro amor leva à total comunhão das almas? Basta pensarmos que o amor, se reduzido ao simples erotismo (atração carnal), é belo, brilhante e fugaz como uma bolha de sabão que alça voo, estoura no ar e desaparece...

III. A Beleza: valor supremo da mulher

Eu cantarei de amor tão docemente,
por uns termos em si tão concertados
que dois mil acidentes namorados
faça sentir ao peito que não sente.

Farei que amor a todos avivente,
pintando mil segredos delicados,
brandas iras, suspiros magoados,
temerosa ousadia e pena ausente.

Também, Senhora, do desprezo honesto
de vossa vista branda e rigorosa
contentar-me-ei dizendo a menor parte.

Porém, para cantar de vosso gesto
a composição alta e milagrosa,
aqui falta saber, engenho e arte.

Anuncia-se aqui um canto de amor tão belo que fará nascer doces sentimentos mesmo no peito de quem nada sente. Por esse canto o amor vai ser sentido por todos, só não poderá descrever a beleza da amada, pois para isso lhe falta "saber, engenho e arte". Segundo uma das regras do amor cortês, o cavalheiro emudece diante da beleza da dama. A primeira quadra é petrarquiana, isto é, quase tradução de um soneto de Petrarca: *Io cantarei d'amor si novamente / Ch'al duro fianco il di mille sospiri / Trarrei per forza, e mille alti desiri / Raccenderei nella gelata mente.*

Um mover d' olhos, brando e piedoso,
sem ver de quê; um riso brando e honesto,
quase forçado; um doce e humilde gesto,
de qualquer alegria duvidoso;

um despejo quieto e vergonhoso;
um repouso gravíssimo e modesto;
uma pura bondade, manifesto
indício da alma, límpo e gracioso;

um encolhido ousar; uma brandura;
um medo sem ter culpa; um ar sereno;
um longo e obediente sofrimento:

esta foi a celeste fermosura
da minha Circe, e o mágico veneno
que pôde transformar meu pensamento.

Este é um dos mais famosos sonetos camonianos, na linha petrarquista. Traça o retrato
da Circe amada, louvando-lhe não a sedução maléfica da Circe de Homero, mas a da
mulher (*dona angelicata*) criada por Dante, amada por Petrarca e que se tornou a
paixão de Camões. Aí descreve a beleza da Circe amada, como resultante de mil
virtudes: formosura, candura, piedade, honestidade, timidez... Entre os camonistas,
há controvérsias acerca da possível identidade dessa dama. Uns veem nela a Infanta
D. Maria, filha mais nova de D. Manuel, o Venturoso (em cujo reinado o Brasil foi
descoberto). Outros a veem como Natércia, que aparece em outros sonetos.

Olhos fermosos, em quem quis Natura
mostrar do seu poder altos sinais,
se quiserdes saber quanto possais,
vede-me a mim, que sou vossa feitura.

Pintada em mim se vê vossa figura;
no que eu padeço retratada estais;
que, se eu passo tormentos desiguais,
muito mais pode vossa fermosura,

De mim não quero mais que o meu desejo:
ser vosso; e só de ser vosso me arreio,
por que o vosso penhor em mim se assele.

Não me lembro de mim, quando vos vejo,
nem do mundo; e não erro, porque creio
que, em lembrar-me de vós, cumpro com ele.

Soneto do ciclo em que o poeta canta os "olhos" da dama: olhos que, na terra, lembram o céu, e cujo poder encantatório a dona deles poderá conhecer, se olhar para o poeta. Nele verá, como num "claro espelho", sua "angélica e serena" figura refletida. Entretanto, o poeta sabe que, por não querer olhar para ele, ela não se verá nele refletida.

Dizei, Senhora, da Beleza ideia:
para fazerdes esse áreo crino,
onde foste buscar esse ouro fino?
De que escondida mina ou de que veia?

Dos vossos olhos essa luz febeia,
esse respeito, de um império digno?
Se o alcançastes com saber divino,
se com encantamentos de Medeia?

De que escondidas conchas escolhestes
as perlas preciosas orientais
que, falando, mostrais no doce riso?

Pois vos formastes tal como quisestes,
vigiai-vos de vós, não vos vejais;
fugi das fontes: lembre-vos Narciso.

O poeta encanta-se com a beleza da amada e a canta usando os termos poéticos que fazem parte da linguagem do amor cortês: "cabelos de ouro", "olhos que são sóis", "dentes de pérola" etc. No último terceto, o poeta adverte-a para que não olhe na água da fonte, pois ao ver-se ali refletida, poderá apaixonar-se por si mesma, como Narciso.

Criou a Natureza damas belas,
que foram de altos plectros celebradas;
delas tomou as partes mais prezadas,
e a vós, Senhora, fez do melhor delas.

Elas, diante vós, são as estrelas,
que ficam, com vos ver, logo eclipsadas.
Mas, se elas têm por Sol essas rosadas
luzes de Sol maior, felizes elas!

Em perfeição em graça e gentileza,
por um modo entre humanos peregrino,
a todo o belo excede essa beleza.

Oh! quem tivera partes de divino
para vos merecer! Mas se pureza
de amor vale ante vós, de vós sou digno.

A natureza fez damas belas que os grandes poetas cantaram, mas de cada uma delas tirou o melhor para criar a Senhora amada, verdadeiro Sol diante do qual as demais belas são simples estrelas que se apagam. Para merecer seu amor, é preciso que o amador tenha qualidades divinas, e o poeta, não as tendo, oferece-lhe a pureza de seu amor.

A perfeição, a graça, o doce jeito,
a primavera cheia de frescura
que sempre em vós floresce, a que a ventura
e a razão entregaram este peito;

aquele cristalino e puro aspecto,
que em si compreende toda a fermosura,
o resplandor dos olhos e a brandura,
donde Amor a ninguém quis ter respeito;

s'isto, que me vós se vê, ver desejais,
como digno de ver-se claramente,
por muito que de Amor vos isentais,

traduzido o verde tão fielmente
no meio deste espírito onde estais
que, vendo-vos, sintais o que ele sente.

O louvor à beleza da mulher amada – "a perfeição, a graça, o doce jeito" –, comparando-a com a beleza da natureza, foi dos temas petrarquistas mais presentes na poesia clássica. Camões foi dos que mais enriqueceram estilisticamente essa temática que nasceu no século XII, nas cantigas de amor do Trovadorismo.

IV. Os paradoxos do amor: fusão de céu e inferno, alegria e dor, vida e morte... Nele coexistem os "elementos contrários" que são inerentes à natureza humana e ao universo cósmico.

Amor é um fogo que arde sem se ver,
é ferida que dói, e não se sente;
é um contentamento descontente,
é dor que desatina sem doer.

É um não querer mais que bem querer;
é um andar solitário entre a gente;
é nunca contentar-se de contente;
é um cuidar que ganha em se perder.

É querer estar preso por vontade;
é servir a quem vence o vencedor;
é ter, com quem nos mata, lealdade.

Mas como causar pode seu favor
nos corações humanos amizade,
se tão contrário a si é o mesmo Amor?

Um dos mais conhecidos sonetos de Camões, este tem como fonte um célebre soneto de Petrarca (*Parece non trovo e non ho da far guerra*), cujo tema são os paradoxos do amor. O texto camoniano, escrito dois séculos depois, dá maior intensidade lírica/reflexiva aos paradoxos em causa, e termina, no último terceto, com uma interrogação original para a época, que define a suprema contradição do amor então consagrado como ideal: se no amor tudo "é tão contrário a si mesmo", como pode ele conduzir os corações à "amizade", à comunhão amorosa verdadeira?

Quando se vir com água o fogo arder
e misturar co dia a noite escura,
e a terra se vir naquela altura
em que se veem os Céus prevalecer;

O Amor por Razão mandado ser,
e a todos ser igual nossa ventura,
com tal mudança, vossa fermosura
então a poderei deixar de ver.

Porém não sendo vista esta mudança
no mundo (como claro está não ver-se),
não se espere de mim deixar de ver-vos.

Que basta estar em vós minha esperança,
o ganho de minh'alma e o perder-se,
para não deixar nunca de querer-vos

Dentro do universo paradoxal do amor, este soneto reafirma sua contradição de raiz. Pois só quando, no mundo, acontecer o impossível (água acender fogo, terra subir ao céu...) é que o poeta poderia esquecer a amada: nela ele pôs toda a sua esperança, nela está o seu ganhar ou perder a alma.

Busque Amor novas artes, novo engenho,
para matar-me, e novas esquivanças;
que não pode tirar-me as esperanças,
que mal me tirará o que eu não tenho.

Olhai de que esperanças me mantenho!
Vede que perigosas seguranças!
Que não temo contrastes nem mudanças,
andando em bravo mar, perdido o lenho.

Mas, conquanto não pode haver desgosto
onde esperança falta, já me esconde
Amor um mal, que mata e não se vê.

Que dias há que na alma me tem posto
um não sei quê, que nasce não sei onde,
vem não sei como, e dói não sei por quê.

O poeta sente-se como o náufrago que perdeu o barco e luta contra a fúria do mar.
Até as esperanças, que o mantinham, estão desaparecendo e no fundo de si próprio
o poeta sente que se esconde "um mal que mata e não se vê". Mas há dias em que na
alma se acende algo indefinido, um sentimento novo, "um não sei quê, que nasce não
sei onde, / vem não sei como, e dói não sei por quê". O poeta sonda o indefinível do
amor – mistério que o ser não pode explicar pela razão.

Tanto de meu estado me acho incerto
que, em vivo ardor, tremendo estou de frio;
sem causa, juntamente choro e rio;
o mundo todo abarco e nada aperto.

É tudo quanto sinto um desconcerto;
da alma um fogo me sai, da vista um rio;
agora espero, agora desconfio,
agora desvario, agora acerto.

Estando em terra, chego ao Céu voando;
Num hora acho mil anos, e é de jeito
que em mil anos não posso achar um'hora.

Se me pergunta alguém porque assim ando,
Respondo que não sei; porém suspeito
Que só porque vos vi, minha Senhora.

Soneto de linhagem petrarquista, este canta as eternas contradições vividas pelos humanos, em geral provocadas pelo ideal do amor cortês, imperante na filosofia da época. Ideal do amor puro, o único que permitia ao homem atingir sua plenitude existencial, excluía o "amor dos corpos" (a não ser dentro do casamento) e assim contrariava a natureza humana, que se realiza plenamente pela fusão entre carne e espírito. Contrariando essa fusão natural, surgem os paradoxos que Petrarca já cantara duzentos anos antes de Camões, e que este revive em sua "arte maior" como se

57

(...) nota no soneto aqui em questão. Petrarca (séc. XIII) escreveu: "Não encontro a paz e não tenho guerra / temo e espero, e ardo e estou gelado / voo no alto céu e estou em terra / nada aperto e todo o mundo abraço". Mas, ao contrário de Petrarca, Camões, no último verso, revela a "fonte" ou causa das contradições ou paradoxos: "Que só porque vos vi, minha Senhora."

A chaga que, Senhora, me fizestes,
não foi pera curar-se em um só dia;
porque crescendo vai com tal porfia
que bem descobre o intento que tivestes.

De causar tanta dor vos não doestes.
Mas, a doer-vos, dor me não seria,
pois já com esperança me veria
do que vós que em mim visse não quisestes.

Os olhos com que todo me roubastes
foram causa do mal que vou passando;
e vós estais fingindo o não causastes.

Mas eu me vingarei. E sabeis quando?
quando vos vir queixar porque deixastes
ir-se a minha alma neles abrasando

Soneto que exalta uma das ideias centrais do amor cortês: o amor começa pelos olhos. É do primeiro olhar trocado entre cavalheiro e dama que o enamoramento começa e se transforma em amor: foi pelos "olhos" que a Senhora roubou a alma do poeta. Agora, abandonado por outro rival, ele sofre, mas ela se mostra indiferente e com isso abre uma "chaga" em seu coração. Mas, contrariando a norma exigida pelo amor cortês (aceitar conformado a perda amorosa), aqui o poeta reage com raiva e sabe que será vingado no dia em que, desiludida, ela lamentará ter perdido a paixão que nele acendera e o mal que lhe causara ao abandoná-lo.

Já não sinto, Senhora, os desenganos
com que minha afeição sempre tratastes,
nem ver o galardão que me negastes,
merecido por fé, há tantos anos.

A mágoa choro só, só choro os danos
de ver por quem, Senhora, me trocastes;
mas em tal caso vós só me vingastes
de vossa ingratidão, vossos enganos.

Dobrada glória dá qualquer vingança
que o ofendido toma do culpado,
quando se satisfaz com coisa justa;

mas eu, de vossos males e esquivança
de que agora me vejo bem vingado,
não o quisera eu tanto à vossa custa.

Sentindo-se desamado e substituído, no coração da amada, por alguém inferior a ele,
o poeta revolta-se e lamenta não tanto a ingratidão da Senhora, mas a mediocridade
daquele por quem ela o trocara. Devido a essa inferioridade do rival, o poeta sente-se
vingado do desamor de que foi vítima, muito embora a vingança lhe pareça cruel,
porque, com o tempo, fará a amada sofrer com a falsidade desse novo amor.

Quem diz que Amor é falso ou enganoso,
ligeiro, ingrato, vão, desconhecido,
sem falta lhe terá bem merecido
que lhe seja cruel ou rigoroso.

Amor é brando, é doce e é piedoso.
Quem o contrário diz não seja crido;
seja por cego e apaixonado tido,
e aos homens, e inda aos deuses, odioso.

Se males faz Amor, em mim se veem;
em mim mostrando todo o seu rigor,
ao mundo quis mostrar quanto podia.

Mas todas suas iras são de amor;
todos estes seus males são um bem,
que eu por todo outro bem não trocaria.

Neste soneto, o poeta defende como justos os rigores do amor. Afirma que quem diz
mal do amor é porque mereceu ser por ele maltratado. Diz ele: o "amor é brando é
doce e é piedoso"; sendo assim, não é possível crer em quem diz o contrário. O poeta
sofreu como ninguém os rigores seus; sofreu "as iras do amor", mas considera-as como
um bem, e não as trocaria por nenhum outro bem.

Sempre a Razão vencida foi de Amor;
mas, porque assim o pedia o coração,
quis Amor ser vencido pela Razão.
Ora que caso pode haver maior!

Novo modo de morte e nova dor!
Estranheza de grande admiração:
que perde suas forças a afeição,
por que não perca a pena o seu rigor.

Pois nunca houve fraqueza no querer,
mas antes muito mais se esforça assim
um contrário com outro, por vencer.

Mas a Razão, que a luta vence, enfim,
não creio que é razão: mas há de ser
inclinação que eu tenho contra mim.

Contrariando a "regra de ouro" de que o amor sempre vencia a razão, o poeta confessa que viveu o contrário: a razão venceu o amor. Não porque seu amor fosse fraco, mas porque a razão, aliada à força do destino, convenceu-o a se afastar da amada, condenando-o a um "novo modo de morte e nova dor!". Segundo estudiosos, esse soneto se referia aos amores de Camões por uma alta fidalga da corte (Catarina de Ataíde), da qual, devido aos obstáculos intransponíveis, a "razão" levou-o a se afastar e silenciar o amor. Outros identificam essa amada como a fidalga Natércia, que lhe foi recusada por "bárbaros tutores", tal como Camões menciona no canto IV de *Os lusíadas* (quando o poeta narra sua vida ao frade).

V. Reflexões sobre a morte (física ou espiritual)

Alma minha gentil, que te partiste
tão cedo desta vida descontente,
repousa lá no Céu eternamente,
e viva eu cá na terra sempre triste.

Se lá no assento etéreo, onde subiste,
memória desta vida se consente,
não te esqueças daquele amor ardente,
que já nos olhos meus, tão puro viste.

E se vires que pode merecer-te
alguma coisa a dor que me ficou
da mágoa, sem remédio, de perder-te,

roga a Deus, que teus anos encurtou,
que tão cedo de cá me leve a ver-te,
quão cedo de meus olhos te levou.

O poeta fala com a amada, prematuramente morta, levado pela certeza de que ela repousará eternamente no céu, enquanto ele viverá tristemente na terra. Pede-lhe ainda que, se no céu forem permitidas as lembranças desta vida, ela não esqueça o amor ardente que sempre vira nos olhos do poeta. E mais, que ela peça a Deus, que a levou, que o leve também para o céu, tal qual a levara tão cedo.
Segundo Diogo de Couto (cronista do reino, que conviveu com Camões em Macau e Goa), esse soneto dirigia-se à Dinamene (jovem chinesa que foi amada por Camões)

64

---

encontrada morta na foz do rio Mecom. Uma das fontes desse soneto é petrarquiana, como mostram os dois primeiros versos que parafraseam um dos mais belos sonetos de Petrarca (séc. XIV): *Questa anima gentil che si disparte / anzi tempo, chiamata a l'altra vita...*

Cara minha inimiga, em cuja mão
pôs meus contentamentos a ventura,
faltou-te a ti na terra sepultura,
por que me falte a mim consolação.

Eternamente as águas lograrão
a tua peregrina fermosura;
mas enquanto a mim a vida dura,
sempre viva em minha alma te acharão.

E se meus rudos versos podem tanto
que possam prometer-te longa história
daquele amor tão puro e verdadeiro,

celebrada serás sempre em meu canto;
porque enquanto no mundo houver memória,
será minha escritura teu letreiro.

Pertencente ao ciclo "Dinamene", este soneto proclama a intenção do poeta de celebrar com seu canto a amada morta e eternizar nos tempos vindouros da história a "sua formosura" e a memória "daquele amor tão puro e verdadeiro".

Ah, minha Dinamene, assim deixaste
quem não deixara nunca de querer-te!
Ah, Ninfa minha, já não posso ver-te,
Tão asinha esta vida desprezaste!

Como já para sempre te apartaste
de quem tão longe estava de perder-te?
Puderam estas ondas defender-te
que não visses quem tanto magoaste?

Nem falar-te somente, a dura morte
me deixou, que tão cedo o negro manto
em teus olhos deitado consentiste!

Ó mar, ó Céu, ó minha escura sorte!
Que pena sentirei, que valha tanto,
que ainda tenho por pouco o viver triste?

O Poeta evoca a amada morta tão cedo, e brada aos céus a sua "escura sorte" e seu "viver triste". Outros comentaristas de Camões levantam a questão de que o nome "Dinamene" aparece em outros poemas camonianos (principalmente em églogas, redondilhas) e sem ligação com a "jovem chinesa". Daí muitos estudiosos levantarem a hipótese de o nome Dinamene ser um criptônimo (nome que oculta o verdadeiro nome de pessoas da vida real e que aparecem como personagem em obras literárias). Apoiado nessa ideia, o historiador J. H. Saraiva destaca que

67

---

as primeiras letras do nome Dinamene são as iniciais de "D. Ioana Noronha de Andrade (por quem Camões também se apaixonou), cuja família usava também o apelido Menezes, o que pode explicar as últimas letras desse nome enigmático. Mas são discussões eruditas, que em nada alteram para o leitor a beleza e emoção do soneto.

O cisne, quando sente ser chegada
a hora que põe termo à sua vida,
música com voz alta e mui subida
levanta pela praia inhabitada.

Deseja ter a vida prolongada,
chorando do viver a despedida;
com grande saudade da partida,
celebra o triste fim desta jornada.

Assim, Senhora minha, quando via
o triste fim, que davam meus amores,
estando posto já no extremo fio,

com mais suave canto e harmonia
descantei, pelos vossos desfavores,
la vuestra falsa fe, y el amor mio.

Camões traça aqui um paralelo entre o cisne que, à hora da morte, entoa um doloroso canto, e o próprio poeta, que, ao sentir que seu grande amor vai morrendo, também canta dolorosamente o desencontro entre a "falsa fé" da Amada e o autêntico e profundo amor que ele lhe dedica.

– Quem jaz no grão sepulcro, que descreve
tão ilustres sinais no forte escudo?
Ninguém: que nisso, enfim, se torna tudo;
mas foi quem tudo pôde e tudo teve.

– Foi Rei? – Fez tudo quanto a Rei se deve;
pôs na guerra e na paz devido estudo;
mas quão pesado foi ao Mouro rudo
tanto lhe seja agora a terra leve.

– Alexandre será? – Ninguém se engane;
que sustentar, mais que adquirir, se estima.
– Será Adriano, grão senhor do mundo?

– Mais observante foi da Lei de cima.
– É Numa? – Numa, não; mas é Joane
de Portugal terceiro, sem segundo.

Em versos de grande nobreza, Camões homenageia seu rei, D. João III, morto em 1557. Junto ao seu túmulo, uma voz misteriosa pergunta sobre quem estaria ali no sepulcro ornado de ilustres sinais. Outra voz responde e, num suceder de interrogações e respostas, vai-se compondo uma visão de mundo amarga: a de que a morte converte tudo em nada. O poeta sabia que, apesar de sua grandeza, seu rei não perduraria na memória do mundo como Adriano, o imperador romano, nem como Alexandre Magno, o maior conquistador da Antiguidade.

(...) João III, o Piedoso, não fora um conquistador, pois coube ao seu reinado defender com duras guerras e acordos o vasto império que Portugal, durante mais de um século, havia conquistado no Oriente e na África. Em defesa do cristianismo, ele estabeleceu a Inquisição em Portugal, apoiou a fundação da Companhia de Jesus e dividiu as terras do Brasil em capitanias hereditárias, dando início à colonização oficial das terras incultas, para transformá-las em cultivadas.

Que vençais no Oriente tantos reis,
que de novo nos deis da Índia o estado,
que escureçais a fama que ganhado
tinham os que ganharam a infiéis;

que do tempo tenhais vencido as leis,
que tudo, enfim, vençais co tempo armado;
mais é vencer na pátria desarmado,
os monstros e as quimeras que venceis.

E assim, sobre vencerdes tanto imigo,
e por armas fazer que, sem segundo,
vosso nome no mundo ouvido seja,

O que vos dá mais nome inda no mundo
é vencerdes, Senhor, no Reino amigo,
tantas ingratidões, tão grande inveja!

Soneto dedicado a D. Luís de Ataíde, fidalgo português que governou a Índia, de 1568 a 1571, e voltou em 1577, na qualidade de vice-rei. A ideia central do soneto é a certeza de que, mais relevante do que alcançar vitórias e glória na Índia, é vencer na pátria as intrigas, invejas e ingratidões. Segundo a crônica da época, D. Luís de Ataíde era comandante do exército em Portugal, mas foi mandado para a Índia porque o rei D. Sebastião resolveu assumir pessoalmente essa função. Foi o que aconteceu e resultou em sua morte, na grande derrota de Alcácer-Quibir, na batalha contra os mouros.

– Que levas, cruel Morte? – Um claro dia.
– A que horas o tomastes? – Amanhecendo.
– Entendes o que levas? – Não o entendo.
– Pois quem to faz levar? – Quem o entendia.

– Seu corpo quem o goza? – A terra fria.
– Como ficou sua luz? – Anoitecendo.
– Lusitânia que diz? – Fica dizendo:
Enfim, não mereci Dona Maria.

– Mataste quem a viu? – Já morto estava.
– Que diz o cru Amor? – Falar não ousa.
– E quem o faz calar? – Minha vontade.

– Na corte que ficou? – Saudade brava.
– Que fica lá que ver? – Nenhua cousa;
mas fica que chorar sua beldade.

Diálogo entre o poeta e a Morte, que ele vê passar levando uma jovem (como a noite levando "um claro dia"). Chama-a Dona Maria, cuja morte fora tão cruel e injusta que a própria nação Lusitânia (antigo nome de Portugal) a lamenta e crê que a perdeu porque não merecia sua grandeza. As pesquisas sobre os manuscritos de Camões começaram no final do séc. XVI e estão arquivadas em diferentes bibliotecas. Tais pesquisas se contradizem ao determinar a identidade dessa "Dona Maria" homenageada por Camões. Em um dos arquivos, consta como

73

(...) sendo D. Maria de Távora (fidalga da corte de Coimbra); em outros, como Infanta D. Maria (fidalga de Lisboa) ou como "D. Maria, rainha de Castela, filha de el-rei D. João III de Portugal". A grande dificuldade das pesquisas tem sido o fato de que Camões não datava seus escritos e também não os publicava em livro. O indiscutível é que a jovem era uma nobre fidalga da corte.

VI. Poesia pastoril

Sete anos de pastor Jacob servia
Labão, pai de Raquel, serrana bela;
mas não servia ao pai, servia a ela,
e a ela só por prêmio pretendia.

Os dias, na esperança de um só dia,
passava, contentando-se com vê-la;
porém o pai, usando de cautela,
em lugar de Raquel lhe dava Lia.

Vendo o triste pastor que com enganos
lhe fora assim negada a sua pastora,
como se a não tivera merecida,

começa se servir outros sete anos,
dizendo: "Mais servira, se não fora
para tão longo amor tão curta a vida".

É este um dos sonetos camonianos que conheceram maior fortuna crítico-literária. Dezenas de grandes poetas o parafrasearam (Alarcón, Lope de Veja, Quevedo, Gracián, Felipe II de Castela e outros), tal como era permitido e honroso para os poetas do Classicismo (séc. XVI-XVIII) parafrasear no todo ou em partes a lição dos mestres e tentar ultrapassá-la. Camões toma como motivo uma situação bíblica (Gênesis, 29) para mostrar a constância e fidelidade do verdadeiro amor.

Indo o triste pastor todo embebido
na sombra de seu doce pensamento,
tais queixas espalhadas ao leve vento
c'um brando suspirar da alma saído:

"A quem me queixarei, cego, perdido,
pois nas pedras não acho sentimento?
Com quem falo? A quem digo meu tormento
que onde mais chamo, sou menos ouvido?

Oh! Bela Ninfa, porque não respondes?
Porque o olhar-me tanto me encareces?
Porque queres que sempre me querele?

Eu quanto mais te vejo, mais te escondes!
Quanto mais mal me vês, mais te endureces!
Assi que co mal cresce causa a dele."

No estilo bucólico, pastoril, vai o "triste pastor", mergulhado no pensamento da "bela ninfa" que o desdenhava, lançando ao vento suas queixas por sentir-se perdido e atormentado. Por que ela não o ouvia? Por que não responde? Por que se endurece como as pedras? Sem respostas às suas indagações, o pastor prossegue indagando.

Alegres campos, verdes arvoredos,
claras e frescas águas de cristal,
que em vós os debuxais ao natural,
discorrendo da altura dos rochedos;

silvestres montes ásperos penedos,
compostos em concerto desigual,
sabei que, sem licença de meu mal,
já não podeis fazer meus olhos ledos.

E pois me já não vedes como vistes,
não me alegrem verduras deleitosas
nem águas que correndo alegres vêm.

Semearei em vós lembranças tristes,
regando-vos com lágrimas saudosas,
e nascerão saudades de meu bem.

A fusão entre amor e natureza, constante na visão de mundo camoniana/clássica, mostra que a beleza das coisas não está nelas, mas nos olhos de quem as vê. O poeta volta-se para a natureza, revê as belezas da paisagem que antes o alegraram, e confessa o mal em que agora vive e o impede de ver nela as belezas de ontem.

Deixando o doce fato e a cabana,
Hilário pastor, por ũa serra alçada,
desta arte se aqueixava, em voz irada,
da fermosa pastora Terciana:

"Nem tu és nascida de gente humana,
nem foste em ventre de mulher gerada;
mas entre as duras feras és criada,
mamando o leite alguma tigre hircana.

Se em ti houvera algum modo de sentido,
meu mal movera a aspereza tua
e abrandaria teu peito endurecido.

Mas creio que, mostrando a ira sua,
Deus, para ser das gentes mais temido,
fez a mim desditoso e a ti crua."

Queixa de amor, em linguagem pastoril, dirigida a uma amada esquiva, que o pastor,
sofrido, compara a uma fera, pois não se sensibiliza com a dor que ele sofre. Dentro
de sua dor, o pastor vê como causa primeira a "ira" de Deus, que, para ser mais temido, deu a ele o destino "desditoso", devido á crueza da formosa pastora Terciana.
Segundo os estudiosos, o nome Terciana é um arranjo do anagrama de Natércia (uma
das nobres damas amadas por Camões). Para outros camonistas, Terciana encobertaria
o nome de Catarina de Ataíde (outra de suas amadas).

Num bosque que das Ninfas se habitava,
Sílvia, Ninfa linda, andava um dia;
subida nũa árvore sombria,
as amarelas flores apanhava.

Cupido, que ali sempre costumava
a vir passar a sesta à sombra fria,
num ramo o arco e setas que trazia,
antes que adormecesse, pendurava.

A Ninfa, como idóneo tempo vira
para tamanha empresa, não dilata,
mas com as armas foge ao Moço esquivo.

As setas traz nos olhos, com que tira,
Ó pastores! fugi, que a todos mata,
senão a mim, que de matar-me vivo.

Na linha da poesia pastoril e mitológica (criada na Antiguidade greco-latina a. C.;
esquecida arquivada durante o primeiro milênio da Idade Média), o poeta revive
esse mundo mitológico e pastoril. Dele, escolhe o amor. Seu soneto registra um fla-
grante: o momento em que uma "ninfa linda", que andava no bosque a colher "flores
amarelas", descobre Cupido, o deus do amor, dormindo debaixo das árvores. A ninfa
vê a ocasião propícia ("o idôneo tempo") para roubar-lhe "arco e setas", armas que
Cupido usava para ferir os humanos e introjetar-lhes amor eterno. No último terceto,
o poeta alerta os pastores quanto à fatal atração dos olhos da ninfa: seduzem e matam
de amor, tal qual as setas de Cupido.

Todo o animal da calma repousava;
só Liso, o ardor dela não sentia,
porque o repouso do fogo em que ardia
consistia na Ninfa que buscava.

Os montes, parecia que abalava
o triste som das mágoas que dizia;
mas nada o duro peito comovia,
porque na vontade de outrem, posto estava.

Consado já de andar pela espessura,
no tronco de ũa faia, por lembrança,
escreveu estas palavras de tristeza:

"Nunca ponha ninguém sua esperança
em peito feminil que, por natureza,
somente em ser mudável, tem firmeza."

Em horas de calor ardente, todos os animais repousam na sombra. Apenas Liso, o
pastor, não lhe sentia o ardor. Procurava a sua ninfa, porque só nela encontraria lenitivo
para o fogo que o devorava. Os próprios montes se comoviam com sua mágoa, mas
não o "duro peito" da ninfa, que permanecia indiferente, pois era em outro que ela
pensava. Exausto de tanto caminhar pela floresta, escreve, no "tronco de uma faia", a
desalentada mensagem do último terceto: "Nunca ponha ninguém sua esperança/ em
peito feminil que, por natureza, / somente em ser mudável tem firmeza".

VII. Religiosidade

Para se namorar do que criou
te fez Deus, santa Fénix, Virgem pura.
Vede que tal seria esta feitura
que a fez quem para si só a guardou

No seu santo conceito te formou
primeiro que a primeira criatura,
para que única fosse a compostura
que de tão longo tempo se estudou.

Não sei se direi nisto quanto baste
para exprimir as santas qualidades
que quis criar em ti quem tu criaste.

És filha, mãe e esposa. E se alcançaste,
ũa só, três tão altas dignidades,
foi porque a três e um só tanto agradeste.

Soneto em homenagem à Virgem Maria, concebida no espírito de Deus e vista como arquétipo de beleza. No último verso, Camões se refere à Santa Trindade, talvez para tomar posição no dissídio religioso entre cristãos e judeus, pois estes recusavam o dogma da Trindade.

Dos Céus à terra desce a mor beleza,
une-se à carne nossa e fá-la nobre;
e, sendo a humanidade dantes pobre,
hoje subida fica à mor alteza.

Busca o Senhor mais rico a mor pobreza
que, como ao mundo o seu amor descobre,
de palhas vis o corpo tenro cobre,
e por elas o mesmo Céu despresa.

Como Deus em pobreza à terra desce?
O que é mais pobre tanto lhe contenta
que só rica a pobreza lhe parece

Pobreza este Presépio representa.
Mas tanto, por ser pobre, já merece
que quanto é pobre mais, mais lhe contenta.

Segundo a crônica, Camões compôs este soneto diante de um presépio. Nele, exalta
o nascimento de Cristo – o Verbo que se fez carne e desceu à terra em pobreza, mas
ao humanizar-se, enobreceu toda a humanidade.

O culto divinal se celebrava
no templo donde toda a criatura
louva o Feitor divino, que a feitura
com seu sagrado sangue restaurava.

Ali Amor, que o tempo me aguardava,
onde a vontade eu tinha mais segura!
nũa celeste e angélica figura
a vista da razão me salteava.

Eu crendo que o lugar me defendia,
e meu livre costume não sabendo
que nenhum confiado lhe fugia,

deixei-me cativar; mas já entendo,
Senhora, que por vosso me queria,
e do tempo que fui livre me arrependo.

No templo, durante uma cerimônia religiosa, o poeta sentiu-se atraído pela dama, acreditando que o lugar sagrado o defenderia da atração amorosa – o que não aconteceu. E o poeta conclui que, agora que se tornara "cativo" de seu amor, arrepende-se do tempo em que fora livre. Os estudos camonianos informam que esse soneto se referia aos amores de Camões por D. Catarina de Ataíde, formosa dama da corte portuguesa no reinado de D. João III.

BIBLIOGRAFIA CONSULTADA

CAMÕES, Luís de. *Sonetos*. (org. M. de Lourdes Saraiva) Lisboa: Publicações Europa-América, 1975.

____. *Lírica completa* (org. M. L. Saraiva), Lisboa: Imprensa Nacional/Casa da Moeda. 1980.

____. *Lusíadas* (org. Campos Monteiro) Porto: Ed. Portugal, 1950.

COELHO, N. Novaes. *O conto de fadas*. Símbolos-mitos-arquétipo. São Paulo: DCL, 2003.

FROMM, Erich. *El arte de amar*, Buenos Aires: Ed. Paidos, 1959.

MACEDO, Helder. *Camões e a viagem iniciática*. Lisboa: Moraes Editores, 1980.

MATOS, Maria V. Leal de. *Introdução à poesia de Camões*. Lisboa: Ministério da Cultura e da Ciência, 1980.

OVÍDO. *A arte de amar*. Lisboa: Publicações Europa-América, 1974.

PAZ, Octavio. "Erotismo: para uma definição". In: *O que é erotismo?* (org. Arnaldo Saraiva). Lisboa: Ed. Presença, 1971.

PLATÃO. "O banquete". In: *Os pensadores*. v. III. São Paulo: Abril Cultural, s.d.

ROUGEMONT, Denis de. *O amor e o Ocidente*. Lisboa: Moraes Editores, 1968.

SARAIVA, José Hermano. *História concisa de Portugal*. Lisboa: Publicações Europa-América, 1978.

A gente publica o que gosta de ler:
livros que transformam!